www.tredition.de

AF204304

„Die Zeit heilt alle Wunden."

Wer kennt sie nicht, diese und viele andere Weisheiten. Sie werden von Generation zu Generation weitergegeben und gehören zu unserem Leben wie Essen und Trinken. In den verschiedensten Situationen erwachen sie zum Leben und bestätigen Ihre Gültigkeit. Sollten sie jedoch tatsächlich einmal daneben liegen, werden sie nicht eliminiert. Nein, dazu sind Weisheiten viel zu wichtig. Sie behalten weiterhin ihre Bedeutung für unser Denken und Leben, ohne auch nur die kleinste Schramme abgekriegt zu haben.

Daran wird die Geschichte von Lydia Müller nichts ändern.

DAS FOTO

von

Helmut Goedicke

© 2020 Helmut Goedicke

Verlag und Druck:
tredition GmbH, Halenreie 40-44, 22359 Hamburg

ISBN
Paperback: 978-3-347-20240-5

Mein besonderer Dank

gilt meiner
Schwester Gudrun, die den
saarländischen Dialekt viel besser
beherrscht als ich

und meinem Sohn Volker,
der bereit war, den Text probezulesen.

Mord im Altersheim

sich auf
ıfalls bei
zeichnet.
genkom-
unter bis
tzt keine
wortung
ter ohne
teres im
esenlich
olt keine
: an dem
    Haus
ırgehend
  in etwa
keinesw
gs direkt
aachtung
erhalten.
wischen
ıentarlos
ımenden

Nonnweiler, 6. Juli 2006
eigener Bericht, WeSo

Im Seniorenheim der Gemeinde ereignete sich am 4.Juli ein Zwischenfall, bei dem eine Seniorin getötet wurde. Wie der Leiter der Einrichtung, Herr Wielandt, bestätigt, ist eine weitere Seniorin des Heims in das Saarbrücker Gefängniskrankenhaus eingeliefert worden. Sie steht im dringenden Verdacht, die Tat begangen zu haben.

Dem Vernehmen nach wohnten beide Seniorinnen seit einigen Jahren in benachbarten Appartements und wurden vor allem in letzter Zeit häufig miteinander gesehen.

Wegen der laufenden Ermittlungen geben weder Heimleitung noch Polizei die Namen der beiden älteren Damen bekannt.

Trie
In de
ohne
keine
unter
Kont
erg.
Beide
harte
geste
Viele
in de
beteil
Dami
ohne
wurde
von e
Besu
beson
keine
Überf

Franziska

Jetzt noch die letzten Patientenkarten des Nachmittags einsortieren, dann ist Feierabend für heute. Franziska liebt den Freitagabend. Anschließend geht's dann zur Oma zum gemeinsamen Abendbrot und morgen ist frei. Das sind zwei gute Gründe sich zu freuen. Ein Blick auf die Uhr macht ihr klar, dass sie sich heute wieder einmal verspäten wird. Ob sie schnell mal anrufen soll, um ihre Oma zu beruhigen, die ganz bestimmt schon wie auf Kohlen sitzt und sich fragt, wo ihre Enkelin denn bleibt? Auf die Minute kommt es ja jetzt auch nicht mehr an. Sie greift zum Telefon. Nach dem sechsten Klingeln legt sie auf, wundert sich ein wenig, wirft sich die Jacke über und geht.

Mit dem Rad sind es nur knapp fünfzehn Minuten bis zum Seniorenheim. Trotzdem hält sie nochmal kurz an, um zu telefonieren. Oma meldet sich wieder nicht. Jetzt wundert sie sich schon etwas mehr. Bestimmt hat sie mal wieder das Telefon vergessen mitzunehmen und sitzt schon beim Abendbrot. Franziska hat ihrer Oma das Handy besorgt, damit sie überall erreichbar ist und, was noch viel wichtiger ist, von überall aus telefonieren kann.

Als Franziska auf das Gelände des Seniorenheimes einbiegt, ist ihr sofort klar, dass etwas passiert ist. Zwei

Streifenwagen und ein Notarztwagen stehen vor dem Eingang, dazwischen einige Polizisten und Sanitäter. An der Schranke wird sie von einem Polizisten angehalten.

Wohin sie denn möchte!

„Ich bin mit meiner Oma verabredet, sie wartet in der Cafeteria auf mich".

Sie darf passieren.

Sie nimmt sich nicht die Zeit, ihr Rad anzuschließen und steuert sofort mit sorgenvollen Gedanken auf den Eingang zu.

„Hier dürfen Sie jetzt nicht rein!" Einer der Polizisten stellt sich ihr in den Weg.

„Doch ich will zu meiner Oma, sie wartet bereits auf mich!" Mit den letzten Worten will sie sich an dem Hindernis in Uniform vorbeidrücken. Vergeblich. Ein starker Arm versperrt ihr den Weg.

„Wie heißt denn Ihre Oma?"

Schon ein wenig angesäuert entgegnet sie: „Müller, Lydia Müller! Und jetzt möchte ich ganz gerne durch."

Aus der Mimik des Beamten verschwindet augenblicklich das Schroffe.

„Bleiben Sie bitte einen Moment."

Er wendet sich an seinen Kollegen. Kurzes Kopfnicken und der Kollege bittet sie mitzukommen. Gesprochen wird nichts. In Franziskas Kopf und Brust macht sich Aufregung breit. Sie folgt dem Beamten. Auch als beide im Fahrstuhl stehen und die zwei Stockwerke hochfahren, in der Oma Lydias Zimmer liegt, fällt kein Wort. Wie lange das alles dauert! Ihre Gedanken rasen. Dann, auf dem Flur zu Zimmer 26 gelingt es ihr, eine Frage zu stellen.

„Was ist denn passiert?" Und gleich eine zweite dazu: „Ist was mit meiner Oma?"

„Wir sind ja gleich da! Hauptkommissar Rohde wird sie gleich über alles informieren."

Die Tür zu Zimmer 26 ist weit geöffnet. Vor dem gegenüberliegenden Zimmer ist jedoch reger Betrieb. Franziska registriert dies mit einiger Erleichterung. Gerade fragt sie sich, wo denn wohl ihre Oma ist, als sie den Heimleiter, Herrn Wielandt, auf sich zukommen sieht. Er streckt beide Arme aus, in einer Mischung aus „herzlich willkommen" und „kommen Sie auf keinen Fall näher." Dann ist er da.

„Ganz schrecklich, ganz, ganz schrecklich! Ich bin fassungslos!"

Sie schaut ihn an. Offensichtlich hat Oma doch etwas mit dem Ganzen zu tun.

„Wo ist denn meine Oma?"

„Bleiben Sie bitte hier, gehen Sie nicht weiter. Das ist alles noch ungeklärt."

„Sagen Sie mir doch bitte endlich was los ist! Wo ist meine Oma?"

Franziska schreit es ihm ins Gesicht. Er nimmt sie etwas zur Seite, man könnte auch sagen, er hinderte sie am Weitergehen.

„Ihre Oma sitzt in der 28. Da ist etwas passiert. Sie spricht aber kein Wort, sitzt nur da."

Franziska blickt ihn verständnislos an.

„Der Kommissar ist bei ihr und der Notarzt. Da darf jetzt niemand rein."

„Na, das werden wir ja sehen."

Sie denkt es nicht nur, sondern geht zwischen den Beamten und Sanitätern auf die Tür zum Appartement 28 zu. Den Versuch des an der Tür stehenden Beamten, sie aufzuhalten, macht sie mit einem gebrüllten „Ich bin ihre Enkelin!" zunichte.

Oma Lydia sitzt auf dem Boden, den Rücken an die Wand gelehnt. Sie starrt vor sich hin und wendet den Kopf keinen Millimeter zur Tür hin. Kommissar Rohde gibt Franziska einen Wink, näher zu kommen.

„Oma!" Franziska kniet sich neben das Häufchen Elend.

„Oma…!"

„Oma, ich bin´s, Franziska!"

Keine Reaktion, weder in der Haltung noch mit den Augen. Sie sieht den Notarzt fragend an, dann den Kommissar. Sie streicht ihrer geliebten Oma über die Haare, legt die Hand auf ihre Schulter.

„Oma, sag doch was! Wir wollen dir doch alle helfen." Umsonst. Ihre sonst so lebendige, erzählfreudige und liebevolle Oma Lydia bleibt regungslos und stumm.

Erst jetzt wirft Franziska einen Blick ins Zimmer. Auf dem völlig zerwühlten Bett liegt eine Frau. Ein Kissen liegt auf dem Boden. ´Die Frau ist tot´, schießt es ihr durch den Kopf.

„Oma, was in Gottes Namen ist denn passiert? Sag´ uns doch, was hier passiert ist!"

Die alte Frau zeigt keine Reaktion. Der Kommissar erhebt sich und bedeutet Franziska, sie möge mitkommen.

Nachdem Sie aufgestanden ist, schaut sie sich die Situation auf dem Bett genauer an. Die Frau liegt auf dem Rücken, die Haut ist gar nicht so blass, wie sie sich die Haut von Toten vorgestellt hatte.

„Das ist doch Cecilie, Omas Bekannte!" Sie sagt es mehr zu sich selbst als zum Kommissar und deutet mit dem Arm auf das Bett. Kommissar Rohde schiebt sie mit sanftem aber unmissverständlichem Druck durch die Tür.

„Ja, das wissen wir schon. Aber kommen Sie bitte, wir müssen uns in aller Ruhe unterhalten."

Sie gehen in die 26. Er schließt die Tür hinter sich und fordert sie auf, sich zu setzen.

„Möchten Sie, dass der Psychologe bei unserem Gespräch zugegen ist?"

Er sieht sie prüfend an, so, als ob er sich lieber selbst ein Bild davon machen wolle, ob sie eines Beistandes bedürfe.

„Nein, nein. Es geht schon. Aber ich hätte sehr gerne endlich gewusst, was hier passiert ist."

Sie legt ihren Rucksack ab und blickt ihn auffordernd an. Der Kommissar schiebt ihr einen Stuhl an den runden Tisch, an dem sie mit ihrer Oma viele, viele schöne Stunden mit Spielen und Erzählen verbracht hat.

„Sie sind also die Enkelin von Frau Müller. Haben Sie Ihren Ausweis dabei?"

Franziska öffnet ihren Rucksack, holt das Portemonnaie heraus und reicht ihm den Ausweis. Ein kurzer, prüfender Blick und er gibt ihr den Ausweis zurück.

„Frau Stein, kommen Sie denn häufiger hierher zu Ihrer Oma?" Er blickt ihr freundlich in die Augen.

„Aber ja, wenn es geht, bin ich jeden Freitag hier. Dann essen wir gemeinsam Abendbrot und spielen oft hinterher noch Karten oder wir…"

„Es ist also kein Zufall, dass Sie heute Abend hier sind."

Er sagt es mehr zu sich selbst, so, als schriebe er es in ein imaginäres Notizbuch.

„Hat Ihre Oma Sie denn heute im Laufe des Tages angerufen, oder wissen Sie irgendetwas, das mit dem Geschehen zusammenhängen könnte?"

Franziska sieht ihn erstaunt an.

„Nein, wir haben nicht telefoniert. Ich habe zwar angerufen, aber sie ging nicht ran. Und was sollte ich denn wissen. Ich bin doch selbst völlig überrascht von allem."

„Ja, ja", er winkt mit einer winzigen Handbewegung ab. „Ist schon klar, aber haben Sie diese Cecilie…, also die Frau von gegenüber gekannt?"

„Gekannt ist zu viel gesagt. Aber ich weiß, dass meine Oma sich seit ein paar Wochen ab und zu mit ihr getroffen hat, mal im Park, aber auch in der Cafeteria. Die haben sich gut verstanden, soweit ich weiß."

Franziska hält die Ungewissheit nicht länger aus. „Ich möchte ganz gerne wieder rüber gehen, zu meiner Oma. Ich glaube sie braucht mich jetzt."

„Das verstehe ich durchaus. Aber glauben Sie mir: Es wird alles nur Mögliche für Ihre Oma getan. Außerdem müssen wir warten, bis die Spurensicherung uns grünes Licht gibt."

„Das hört sich ja direkt an, als ob ein Verbrechen geschehen sei." Sie rutscht unsicher auf dem Stuhl hin und her.

„Das, liebe Frau Stein, ist sogar durchaus möglich. Wir dürfen aber auf keinen Fall voreilige Schlüsse ziehen. Eine Mitarbeiterin des Etagendienstes hat alles so vorgefunden, wie sie es vorhin ebenfalls sehen konnten. Weil beide Frauen nicht zum Abendbrot kamen, hat der Heimleiter, Herr Wielandt, gebeten, einmal nachzusehen. Das war vor weniger als 30 Minuten. Seitdem haben wir uns vor allem um Ihre Oma ......"

Es klopft sehr kräftig, die Tür öffnet sich einen Spalt.

„Klaus, wir sind jetzt da. Hast du mal....?

Klaus Rohde ist schon an der Tür, wirft einen Blick zurück.

„Frau Stein, gehen Sie bitte nicht weg. Ich bin gleich wieder bei Ihnen!"

Beide gehen ins gegenüberliegende Zimmer. Franziskas Oma sitzt inzwischen auf einem Tragestuhl des Notarztwagens.

„Herr Rohde, wir bringen sie ins „Klinikum Winterberg". Sagen Sie der Enkelin doch bitte Bescheid."

Kommissar Rohde will sich gerade Handschuhe überziehen, um mit seinen Kollegen von der Spurensicherung das Tat-zimmer zu betreten, als er sich eines anderen besinnt. Er geht zurück, öffnet die Tür und schlägt Franziska vor, ihn am nächsten Tag auf dem Kommissariat zu besuchen.

„Dann brauchen Sie jetzt nicht zu warten, zumal ich nicht einschätzen kann, wie lange es dauern wird. Übrigens wird Ihre Oma ins Klinikum Winterberg nach Saarbrücken gebracht. Das soll ich Ihnen noch sagen."

„Ja, danke! Und wann soll ich morgen bei Ihnen sein?", ruft ihm Franziska noch schnell zu, bevor er die Tür wieder schließen kann.

„Irgendwann zwischen 10 und 15 Uhr, wenn möglich!"

Und schon ist er wieder weg. Franziska nimmt ihren Rucksack auf und verlässt Oma Lydias Appartement mit einem letzten Blick von der Tür aus. Sie ist schon fast an der Ecke zum Fahrstuhl, als sie Kommissar Rhode rufen hört:

„Frau Stein, Frau Stein! Einen kleinen Moment noch. Sehen Sie mal!"

Er kommt auf sie zu und hält ihr ein Bild entgegen. Der Rahmen ist zerbrochen, ebenso die Glasscheibe.

„Haben Sie eine Idee, was es mit diesem Foto auf sich hat?"

Franziska sieht sich das Foto an. Sie starrt es eine ganze Weile an, weil sie nicht begreifen kann, dass dieses Foto gerade jetzt und gerade unter diesen Umständen auftaucht. ´Das ist ja sehr merkwürdig´, murmelt sie vor sich hin, ´das Bild kenne ich´.

Auf dem Foto ist ein etwa zwanzigjähriger Mann zu sehen, der aus dem Leitstand einer Lokomotive heraus der Person zuwinkt, die dieses Foto soeben macht. Er grüßt liebevoll lächelnd in die Kamera und hat die Linke zum Gruß erhoben. Unter seiner schwarzen Schirmmütze gucken hellblonde Haare hervor.

Sie sieht den Kommissar mit erstaunten Augen an.

„Wo haben Sie das Bild gefunden?"

„In Frau Sommers Zimmer. Es lag zertrümmert unter dem Fenster."

„Das Bild kenne ich! Herr Kommissar, das Bild habe ich schon einmal gesehen, in Omas Fotokiste. Oma und ich haben vor längerer Zeit in ihrer Fotokiste gestöbert. Da habe ich genau dasselbe Foto gesehen."

„Sie kennen d i e s e s Foto?" Der Kommissar ist genauso verblüfft wie Franziska.

„Ja! Ich sage es Ihnen! Ich weiß sogar wer der Mann ist."

Als ob ihr in diesem Moment etwas den Hals zuschnürt. Sie bekommt keinen Ton heraus. Ihre Augen werden feucht und sie kann sich nur sehr schwer beherrschen.

Der Kommissar bemerkt ihre Erschütterung und wartet geduldig. Er kennt solche Situationen, in denen Menschen die Stimme versagt, nur zu gut.

Nach einer Weile sammelt sie all ihre Kräfte zusammen, sieht den Kommissar mit traurigen Augen an und sagt:

„Der Mann auf dem Foto ist mein Großvater."

Das Foto

Es entstand am 17. August 1942 auf dem Bahnsteig 4 des Saarbrücker Hauptbahnhofs. Lydia hat nicht allein wegen des entstandenen Fotos diesen Tag und erst recht nicht diese Situation jemals vergessen. Immerhin war sie damals hochschwanger, hatte aber darauf bestanden, ihren Geliebten zu seiner ersten Fahrt als Heizer bei der Deutschen Reichsbahn bis auf den Bahnsteig zu begleiten, auch, um diesen Augenblick im Foto fest zu halten.

Es war ein weiter Weg bis hierher. Conrad hatte nach seiner Schlosserlehre an der Grube in Friedrichsthal immer wieder davon gesprochen, dass er viel lieber Lokführer wäre, statt Tag für Tag an der Werkbank zu stehen. Er würde mehr verdienen und zudem etwas von seiner Heimat sehen. Es mag sein, dass er sich ein Gefühl von Freiheit vorgestellt hatte, wenn er mit einem Zug durch die Landschaft fährt, auch wenn er sich darüber bewusst sein musste, dass die Freiheit bei einem Schienenfahrzeug sehr begrenzt ist. Hinzu kommt, dass in diesen Jahren des Nationalsozialismus´ von Freiheit immer weniger die Rede sein konnte. Der Krieg an jetzt sogar zwei Fronten trug sein Übriges zur Unfreiheit bei.

Für Lydia war vor allem Conrads erstes Argument entscheidend, um ihn bei seinem Vorhaben zu unter-stützen. Und wenn er sich dabei auch noch wohler fühlt als in der Schlosserei, umso schöner.

Deshalb waren sie ja auch von Elversberg nach Saarbrücken gezogen, wo er seine Schulung zum Heizer in kürzester Zeit absolvierte. Eigentlich wollte er sich ja zum Lokomotivführer ausbilden lassen. Um dafür zugelassen zu werden, hätte er jedoch in die NSDAP eintreten müssen.

In Saarbrücken-Malstatt hatten Sie jetzt eine hübsche Zweizimmerwohnung. Ihre erste gemeinsame Wohnung übrigens, die sie nur deshalb bekamen, weil sie dem Vermieter gegenüber versicherten, bereits verlobt zu sein. Die Heirat müsse noch warten, bis sie sich eine kleine Feier mit ihren Familien und Freunden würden leisten können. Für den Vermieter mag die Tatsache, dass Lydia bereits schwanger war, eine Art Verlobungsurkunde gewesen sein.

Mit der gemeinsamen Wohnung ging für beide zunächst

ein Lebenstraum in Erfüllung. Sie waren schon als Kinder unzertrennlich, spielten und lernten miteinander. Der um zwei Jahre ältere Conrad half ihr bei so manchen Problemen in der Schule und sie erwartete ihn am Waldrand, wenn der Schlosserlehrling abends zu Fuß aus Friedrichsthal zurückkam. Als ihre Schwester heiratete, Lydia war damals gerade zwölf Jahre alt, hat sie schon laut verkündet, sie werde auch bald heiraten, Conrad Winter nämlich. Für die allermeisten Hochzeitsgäste war diese kindliche Aussage einen Lacher wert. Lydia war es aber sehr ernst damit. Dass die Lacher rechtbehalten sollten, konnte damals niemand wissen, und Lydia hätte es auch nicht akzeptiert.

Bis jetzt verlief ihrer beider Leben also wie erhofft. Conrad hatte es geschafft. Er musste jetzt nicht zu den Soldaten, aber es sah ganz so aus, als ob der Krieg immer näherkäme. Er würde sich vermutlich auch immer stärker in ihrem Leben bemerkbar machen. Das vor allem machte Lydia Sorgen, und wie sich noch zeigen sollte, waren diese Sorgen nicht unbegründet.

Die meisten ihrer Schulkameraden aus Elversberg waren bereits eingezogen worden und leisteten ihren Militärdienst, vorwiegend in Frankreich. Wenn Conrad nicht zum Militär musste, konnte sie das schon ein wenig beruhigen. Andererseits wurden immer häufiger Züge angegriffen, um Truppen- und Materialtransporte zu verhindern oder auch nur, um Bahnhöfe und Gleise zu zerstören. Die Strecke, auf der Conrad eingesetzt war, Frankfurt – Kaiserslautern – Saarbrücken und nachts weiter über Trier nach Koblenz, war von aktuellen Kriegshandlungen bis jetzt aber noch weitgehend verschont, was Lydia zusätzlich beruhigte. Spätestens in zwei Tagen würde er wieder zurück sein, waren ihre Gedanken, als der Pfiff ertönte. Conrad kam nochmal kurz ans Fenster und warf ihr einen Kuss zu.

Als Lydia auf den Auslöser drückte, zischte gerade eine Dampfwolke über den Bahnsteig, dann ruckte der Zug an und entfernte sich immer schneller, wie die Sekunden, die gerade eben noch Gegenwart waren.

Winken war nicht ihre Sache. Sie stand einfach nur da und sah dem Zug und vor allem ihrem Conrad nach, bis der letzte Wagen hinter der Biegung verschwunden war. Lydia legte ihren Fotoapparat in die Handtasche zurück und blieb noch eine ganze Weile auf dem Bahnsteig. Hier auf einer der Bänke zu sitzen, an ihren Conrad zu denken, der sie so glücklich und zufrieden angesehen hatte, war für Lydia selbst ein sehr glücklicher Moment, den sie am liebsten für ewig festgehalten hätte.

Lydia ließ das Foto gleich zweimal vergrößern. Ein sehr gelungenes Foto übrigens! Diese riesige Lokomotive, selbst wenn man nur einen Ausschnitt von ihr sehen konnte, mit den wie vergoldet aussehenden Nieten links und rechts der Treppe zum Führerstand. Und oben steht ihr Liebster, der Herrscher über dieses Monster. Dass die

Überdruckventile gerade in dem Moment, als sie das Foto schoss, eine Menge Dampf freisetzten, war ein wunderbarer Zufall. Sie würde ihrem Conrad eines der Fotos mitgeben, damit auch er sich immer an diesen glücklichen Augenblick erinnern kann.

Für Lydia sollte dieses Foto übrigens den Beginn eines neuen Lebensabschnittes einleiten, auch wenn sie davon jetzt noch nichts ahnte. Philipp Emmerich, der Fotograf am Orte, war begeistert.

„Wissen Sie, das ist eines der eindrucksvollsten Fotos, die ich je gesehen habe, und ich habe schon sehr viele Fotos gesehen, das können Sie mir glauben."

Lydia sah ihn ungläubig an. Fast kam es ihr vor, als ob er sie anmachen wolle.

„Sehen Sie doch mal," legte er nach, „diese riesige Maschine, so mächtig sie aussieht, steht doch da, wie auf einer Wolke! Das haben Sie großartig gemacht!"

´Er meint es wirklich ernst mit seinem Lob´, dachte Lydia und sagte wahrheitsgemäß:

„Ich habe doch nur draufgedr …."

„…Genau das ist es ja", unterbricht er sie, „das muss an eben können, im richtigen Augenblick draufdrücken!" Er sah sie durch seine runden Brillengläser an, als ob er sagen wolle: ´Ich bin hier der Fotograf, und ich kann das beurteilen´. Als Lydia das Geschäft verließ, ahnte sie noch nicht, dass Herr Emmerich ihr einige Jahre später den Vorschlag machen würde, bei ihm in die Lehre zu gehen, und sie konnte noch weniger ahnen, dass sie sein Geschäft einmal sogar übernehmen würde.

Ursula

Ursula kam am 18. November 1942 zur Welt. Es war keine leichte Geburt. Das sagt man ja bei Erstgeburten oft. Lydia hatte sich so sehr gewünscht, dass Conrad bei ihr wäre. Sein Dienstplan ließ es jedoch nicht zu. Er kam sogar erst drei Tage später, weil die Gleisanlagen zwischen Mannheim und Ludwigshafen zerstört waren. Ja, die Angriffe häuften sich und die Sorgen, die sie sich um ihre Sicherheit und die ihrer Tochter machte, wurden dadurch immer größer.

In der Nähe der Hauptpost wurde eine riesige Bunkeranlage gebaut, damit die benachbarte Bevölkerung bei Fliegeralarm hier schnell Schutz suchen konnte. Sie zog es jedoch vor, zu ihren Eltern nach Elversberg zu ziehen. Dort würde es bestimmt etwas ruhiger sein.

Conrad begrüßte ihre Entscheidung, auch wenn sie sich dadurch wesentlich seltener sehen würden. Elversberg war einfach zu weit von seiner Strecke entfernt, um in der immer knapper werdenden Freizeit mal schnell vorbei zu kommen.

So wuchs die kleine Ursula im Wesentlichen ohne Vater auf. An ihrem zweiten Geburtstag hätte sie ihn noch einmal sehen können. Conrad schaffte es dank eines Kollegen tatsächlich, zwischen zwei Fahrten auf einen Sprung nach Elversberg. Es war jedoch schon sehr spät, als er eintraf, eine große Puppe für seine Tochter im Gepäck.

Ursula lag bereits schlafend in ihrem Bettchen. Er legte ihr die Puppe vorsichtig in den Arm und sah seine Tochter dann mit einem sehr langen Blick an. Während er ihr zärtlich über die Haare streicht, eröffnete er Lydia, dass er nicht über Nacht bleiben könne. Seine Lok stehe schon abfahrbereit in Neunkirchen, diesmal zur Fahrt über Idar-Oberstein und Koblenz nach Köln.

Lydia weinte hemmungslos, als sie sich unten voneinander verabschiedeten. Keines seiner Worte konnte sie auch nur im Geringsten beruhigen. Sie spürte, dass sie ihn niemals wiedersehen würde.

Sie ging mit müden Schritten in ihre Wohnung zurück, sah sich ihre Tochter vorm Schlafengehen noch einmal an, mit einer Mischung aus Glück und Verzweiflung. ´Vielleicht sind meine Befürchtungen auch völlig unnötig´, machte sie sich selbst ein wenig Hoffnung, bevor sie einschlief.

Ursula wuchs in Elversberg auf. Einige ihrer Mitschüler hatten ebenfalls keinen Vater mehr. Das kam in diesen Zeiten öfter vor. Was Ursula jedoch beschäftigte, war die

Tatsache, dass es von ihrem Vater überhaupt keine Informationen gab. Er war einfach nicht da, obwohl es ihn ja gegeben haben musste. Weder ihre Mutter noch Oma und Opa, also die Eltern ihres Vaters, konnten ihr befriedigende Antworten geben. Selbst spätere Anfragen ihrer Mutter beim Suchdienst des Roten Kreuzes brachten keine Klarheit.

Ursula konnte sich mit dieser Lücke in ihrem Leben nicht abfinden. Dass er Heizer war und im Krieg Güterzüge fuhr, wusste sie ja bereits. Vielleicht würde sie, wenn sie nur gründlich genug suchte, weitere Informationen finden. Wenn ihre Mutter im Geschäft war, stöberte sie in Schubladen und Kästen nach Informationen über ihren Vater. Und sie wurde fündig. Als sie das Foto in den Händen hielt, wusste sie sofort: das ist mein Vater.

Sie legte das Foto wortlos vor ihre Mutter auf den Tisch. Fast gleichzeitig wünschte sie sich, sie hätte das nie getan. Ihre Mutter fiel in einen Weinkrampf, in dem sich die Ungewissheit und die Sorgen der ganzen letzten Jahre entluden. Sie beruhigte sich nur langsam, stand nach einer Weile auf und ging wortlos ins Schlafzimmer.

Ursula hatte das scheußliche Gefühl, etwas falsch gemacht zu haben und vergrub ihr Gesicht in den Händen. Den Wunsch, ihrer Mutter nachzugehen, unterdrückte sie aus Erfahrung, hat sie doch immer wieder erlebt, dass es Momente im Leben ihrer Mutter gibt, die sie veranlassten, sich total zurückzuziehen. Sie wollte und konnte dann mit niemandem reden. Sie saß oft minutenlang wie versteinert da, hörte nichts, sagte nichts und reagierte auf nichts.

Nach einer ganzen Weile öffnete sich leise die Tür. Wieviel Zeit inzwischen vergangen war, konnte Ursula nicht abschätzen. Aber das war, als sie ihrer Mutter ins Gesicht sah, auch völlig egal. Sie hatte sich wieder beruhigt, ging zu ihrer Tochter und strich ihr zärtlich übers Haar.

„So", sie streichelte ihrer Tochter wiederholt über den Kopf, „so hat sich dein Vater an deinem zweiten Geburtstag von uns verabschiedet. Seitdem habe ich nichts mehr von ihm gehört. Ich weiß nicht, wie es ihm geht, wo er ist, ja, ich weiß nicht einmal, ob dein Vater noch lebt."

Mutter und Tochter waren in ihrem Schmerz vereint und lagen sich lange stumm in den Armen.

Ursula ging in dieselbe Schule wie ihre Eltern und heiratete im September 1965 ihren ehemaligen Schulkameraden Stefan Stein. Sie arbeitete nach ihrer Lehre zur Fotografin zunächst im Geschäft ihrer Mutter und übernahm dann die neu eingerichtete Filiale in Neunkirchen. Stefan fand nach seinem Studium eine Anstellung im Rathaus der Stadt.

Das Glück der Familie Stein wurde komplett durch die Geburt der Zwillinge Franziska und Thorsten. Es wurde zerstört in der Nacht zum 4. April 1980 auf der Heimfahrt vom Osterbesuch bei Oma Lydia in Elversberg. Ihr Wagen wurde in einer Linkskurve von einem entgegenkommenden Auto gerammt, von der Fahrbahn geschleudert und überschlug sich mehrfach. Franziska überlebte den Unfall nahezu unverletzt, für ihren Bruder und ihre Eltern kam jede Hilfe zu spät.

Conrad

Die Verabschiedung von Lydia brach ihm schier das Herz. Hätte er doch nur auf diesen Besuch verzichtet. Der Gedanke, dass er nicht anders konnte, beruhigte ihn überhaupt nicht. Er würde künftig nur noch nach Hause fahren, wenn er wenigstens ein, zwei Tage bleiben kann. Das nahm er sich auf der Rückfahrt zu seiner abfahrt-bereiten Lok fest vor.

Die Fahrt bis Bingen verlief ohne jeden Zwischenfall. Wenige Kilometer vor Koblenz hatten sie dagegen fast zwei Stunden Zwangsaufenthalt, bis das Gleisbett und die Gleise repariert waren. Es war schon fast hell, als sie ihre Fahrt, die als relativ sichere Nachtfahrt geplant war, in Richtung Köln fortsetzen konnten. Sie waren bereits unter der später durch Kampf und Film berühmt gewordenen Brücke von Remagen hindurch und hatten fast schon Bonn erreicht, als mehrere Tiefflieger ihren Zug von hinten angriffen. Plötzlich waren sie da und hatten einzig und allein die Lok im Visier. Conrad warf sich im Führerstand auf den Boden, Wolfgang, seit über einem Jahr Conrads Lokführer, sprang in Panik aus dem fahrenden Zug, um dem tödlichen MG-Feuer zu entkommen. Conrad stand nach dem Beschuss wieder auf und ließ den Zug weiterrollen. Er hörte es schon, und ein Blick durch die Frontluke bestätigte es: Vier ´Spitfire´ kamen nach einer eng geflogenen Schleife jetzt von vorne auf ihn zu.

Conrad betätigte die Notbremse, der Zug kam nach wenigen Sekunden zum Stehen. Er riss seine Umhänge-tasche vom Haken, hielt sie sich zum Schutz über den Kopf, sprang aus dem Führerhaus und verkroch sich unter der Lok im Gleisbett. Die Jäger, machten ihrem Namen alle Ehre, feuerten aus allen Rohren und flogen noch einen dritten Angriff, bevor sie endgültig abdrehten.

Conrad spürte, dass er verletzt war. Blut sickerte durch seine schwarze Kopfbedeckung hindurch und rann ihm über das Auge. Bewegen konnte er sich nicht. Der Wille zu überleben, hielt ihn wach, bis er, wie aus weiter Ferne, Stimmen hörte. Also suchte man Wolfgang und ihn bereits. Das war gut dachte er noch, und er dachte an Lydia und an die Kleine, dann verlor er das Bewusstsein.

Lok und Wagen waren nahezu unbeschädigt. Der Zug konnte nach Eintreffen der neuen Lok-Besatzung seine Fahrt fortsetzen. Dass sein Partner und Kollege Wolfgang bei dem Angriff den Tod fand, erfuhr Conrad erst Tage später im Krankenhaus. In einer mehrstündigen Operation entfernte man zahlreiche Splitter aus seinem Körper und eine Kugel aus seinem rechten Oberschenkel. Die größte Sorge machte ein mehrere Millimeter großer Splitter an seinem linken Auge. Er steckte zu dicht am Sehnerv und den das Auge versorgenden Blutgefäßen, so dass eine operative Entfernung zu gefährlich war.

Cecilie

Cecilie oder Schwester Cilli, wie sie auf der Station und von den Patienten genannt wurde, beugte sich vorsichtig über ihn, um den Augenverband zu kontrollieren. Sie war eine der unermüdlich arbeitenden Krankenschwestern im Koblenzer Krankenhaus.

„Stimmt's, ich bin im Krankenhaus?" Die Frage kam ganz unverhofft unter den Verbänden hervor.

„Oh, Sie sind schon wach!" Schwester Cilli wunderte sich.

Conrad kam erst vor wenigen Minuten aus dem OP in den Aufwachraum. Kopf und Augen waren dick verbunden.

„Ja Sie sind im Krankenhaus, im Städtischen Krankenhaus Koblenz."

Diese Stimme! Conrad hatte sofort ein passendes Gesicht dazu, und es war nicht das Gesicht von Lydia.

„Conrad, ich darf doch Conrad sagen…, Sie dürfen sich auf keinen Fall ins Gesicht fassen oder an die Augen. Das muss jetzt erst ein paar Tage abheilen…"

Cilli, hatte bereits einige Semester ihres Medizinstudiums hinter sich, als der Vorlesungsbetrieb im Frühjahr 1944 eingestellt wurde. Sie und ihre Kommilitonen wurden gleichzeitig dazu verpflichtet, in Krankenhäusern und in den immer zahlreicher werdenden Lazaretten Dienst zu tun. Cecilie konnte organisieren und delegieren, weswegen man sie schon nach einem halben Jahr mit der Leitung der Chirurgischen Station betraute.

„Was ist denn mit meinen Augen, bin ich…..?" Seine Stimme klang unüberhörbar sorgenvoll.

„Aber nein, nein, nicht was Sie denken", unterbrach sie ihn.

„Es ist alles gut!" Sie sagte es sehr eindringlich und legte gleichzeitig ihre Hand vorsichtig auf die einzige Stelle in seinem Gesicht, die nicht verbunden war, auf seinen Mund.

„Doktor Schneider kommt gleich vorbei und wird alle Ihre Fragen beantworten…, Conrad."

Den Conrad schob sie nach, weil sie nicht so dienstlich klingen wollte, vielleicht auch, weil sie seinen Namen unbedingt noch einmal aussprechen wollte.

„Ich bin übrigens Schwester Cilli und komme nachher noch einmal vorbei!"

Conrad hatte bei allen Gedanken, zu den er so kurz nach

der Operation fähig war, das beruhigende Gefühl, gut aufgehoben zu sein. Er stellte sich vor, wie die Frau mit dieser warmen Stimme und dieser zarten Hand wohl aussehen möge. Dass es Liebe auf den ersten Blick geben soll, davon hatte er schon gehört, dass es aber auch Liebe ohne einen einzigen Blick gibt, war ihm neu. Er versuchte, dieses für ihn völlig neue Gefühl zu unterdrücken, indem er sich immer wieder Lydia und seine Tochter ins Gedächtnis rief. Vergeblich. Immer wieder drängte sich sein Bild von Schwester Cilli dazwischen, was ihn zwar irgendwie glücklich machte, in hohem Maße aber auch beunruhigte.

Seine Gedanken kreisten hin und her und wurden schließlich von den Resten des Narkosemittels widerstandslos abgeschaltet.

Zu Hause

Lydia wurde von der Eisenbahndirektion davon unterrichtet, dass Conrads Zug beschossen worden sei. Das Schreiben enthielt jedoch keine Nachricht über Conrad selbst, man werde sich aber bemühen, sie baldmöglichst zu informieren.

Die Fahrt am nächsten Tag nach Saarbrücken hätte sie sich sparen können. Wo Conrad geblieben sei, wisse man nicht. Man weiß lediglich, dass Wolfgang Zang, der Lokführer bei dem Angriff getötet wurde. Der Leiter der Personalstelle, ein gewisser Herr Ritter, fügte wenig einfühlsam hinzu: „Sehen Sie es doch mal so, Frau Müller: Es wurde kein zweiter Toter gefunden. Wir können deshalb davon ausgehen, dass Ihr Mann noch lebt. Vielleicht ist er in einem Krankenhaus, ja vielleicht ist er morgen schon wieder zu Hause."

´Wie kann man nur so daherreden´. Sie sah ihn nur an, drehte sich wortlos um und hatte die Tür bereits fast wieder geschlossen, als sie ihn noch rufen hörte: „Wir melden uns sofort bei Ihnen, wenn wir etwas wissen. Darauf können Sie sich verlassen!"

Conrads Vater riet ihr davon ab, selbst auf die Suche zu gehen.

„Jetzt mit dem Zug dorthin zu fahren, ….., also ich halte das für zu gewagt. Es wird doch immer schlimmer mit den Angriffen!"

Lydia wusste es ja selbst. Es war wirklich am besten, auf Informationen aus Saarbrücken zu warten. Wohl oder übel.

Koblenz, Städtisches Krankenhaus.

Conrad saß in dem kleinen Park und wartete auf Cilli. Sie waren seit einigen Tagen so oft zusammen, wie nur möglich. Beide waren sehr ineinander verliebt, aber weder Conrad noch Cecilie haben es bisher auszusprechen gewagt. Die immer näher rückenden Kampfhandlungen und die von Woche zu Woche zunehmenden Bombardierungen der gesamten mittleren Rheinregion waren wenig dazu geeignet, irgendwelche Pläne zu schmieden.

Für Conrad stand allerdings jetzt schon fest, dass er nicht mehr zu Lydia zurückkehren würde. Seit er Cecilie kannte, wusste er, was Liebe ist. Lydia hatte er gern, sehr gern sogar, mehr aber auch nicht. Er hätte sie bestimmt sogar geheiratet, allerdings ohne zu wissen, was wahre Liebe ist. Das war ihm jetzt bewusst.

Seine Wunden, allen voran die Schusswunde im rechten Bein, verheilten gut. Inzwischen konnte er, wenn auch sehr vorsichtig, schon wieder alleine gehen. Einzig das linke Auge machte ihm nach wie vor große Schwierigkeiten. Es schmerzte und tränte unaufhörlich.

Das letzte Röntgenbild hatte gezeigt, dass der Splitter seine Position gefährlich verändert hat.

„Wenn er weiterhin so wandern sollte, besteht bald große Gefahr für Ihr Augenlicht, ja sogar eine Verletzung der Arterie ist nicht mehr auszuschließen," eröffnete ihm Doktor Schneider mit ernster Miene.

Conrad sah den Arzt und dann Cecilie fragend an.

Während sie ihre Hand tröstend auf seine Schulter legte, als ob sie sagen wollte: ´Es wird alles gut, und ich bin ja bei dir´, trat Doktor Schneider noch einen kleinen Schritt näher an ihn heran.

„Herr Winter, der Splitter muss entfernt werden. Es gibt keine andere Möglichkeit."

„Dabei gibt es aber gleich mehrere Probleme", fuhr er fort. „Wir müssen Sie dazu nach Trier verlegen. Diese Operation können wir leider hier nicht durchführen."

Bevor Conrad spontan sein Einverständnis geben konnte, gab Doktor Schneider zu bedenken, dass der Transport nach Trier in doppelter Hinsicht eine Gefahr darstellt: Die möglichen Bombenangriffe auf die Stadt Trier und Umgebung und der Transport selbst. Die Erschütterungen könnten die befürchtete Bewegung des Splitters beschleunigen.

„Wenn Sie damit einverstanden sind, werden wir sie nächste Woche mit einem weiteren Patienten im Krankenwagen nach Trier bringen. Schwester Cilly wird sie zur medizinischen Betreuung beide dorthin begleiten."

Und ob er damit einverstanden war! Wäre es nicht schon so entschieden worden, hätte er ihn darum gebeten.

Die Nachricht

Die Reichsbahndirektion Saarbrücken war inzwischen nicht untätig. Die letzte Information besagte, dass Conrad Winter schwer verletzt in das Städtische Krankenhaus Koblenz eingeliefert wurde. Ein Kontrollanruf bestätigte diese Information: Conrad Winter lebt; er ist Patient auf der Chirurgischen Station.

Herr Ritter hielt Wort, seine letzten Worte zu Lydia waren also nicht einfach so dahingesagt. Er überbrachte die gute Nachricht noch am Abend desselben Tages sogar höchstpersönlich. Hatte er selbst vielleicht das Gefühl, sie bei Ihrem Besuch auf seiner Dienststelle zu unpersönlich behandelt zu haben, oder wollte er zeigen, dass man sich auf ihn verlassen konnte? Egal!

Lydia war ihm in jedem Falle sehr dankbar. Endlich, nach fast drei Wochen voller Sorgen und großer Ungewissheit, hatte sie Nachricht von ihrem Conrad und war fest entschlossen, sofort nach Koblenz zu fahren, wie unsicher die Situation auch sein mochte.

Noch während sie überlegte, wie sie mit Conrads Vater nach Koblenz kommt, schlug ihr Herr Ritter vor, ihr aus Saarbrücken einen Wagen zu schicken, der sie hinbringt.

„Das ist doch selbstverständlich", unterbrach Ritter ihre Dankesworte, „das ist trotz der verschneiten Straßen am sichersten für Sie. Von einer Zugfahrt kann ich Ihnen im Moment nur abraten."

Lydia empfand ein tiefes Gefühl der Dankbarkeit gegenüber Herrn Ritter und dem Schicksal überhaupt. ´Jetzt wird alles gut´, sagte sie zu sich selbst und machte sich auf den Weg, Conrads Vater diese erfreuliche Nachricht zu überbringen.

Wie versprochen wurden beide zwei Tage später mit

einem Wagen abgeholt. Die Fahrt nach Koblenz führte über die Hunsrückhöhenstraße mitten durch bewaldetes Gebiet und verlief ohne jeden Zwischenfall.

Beide waren glücklich, den geliebten Mann beziehungsweise Sohn wiederzusehen. In dieser Stimmung traten sie an die Anmeldung und mussten erfahren, dass Conrad Winter vor zwei Tagen nach Trier verlegt wurde. Dort sei er auch gut angekommen.

Die Enttäuschung hätte größer nicht sein können. Lydia sackte innerlich in sich zusammen. Alle Versuche, sie zu beruhigen, waren vergebens. Die Schwester in der Anmeldung hatte die Idee, Dr. Schneider zu rufen. Der könne ihr helfen und sie auch gleichzeitig informieren.

Conrads Vater begrüßte diesen Vorschlag. Die Schwester bat sie, im Warteraum Platz zu nehmen und griff unmittelbar danach zum Telefon.

Das Erscheinen des Arztes beruhigte Lydia mehr als alle gut gemeinten Worte von Conrads Vater. Beide hörten sich seinen Bericht zu Conrads Gesundheitszustand und seinem Befinden aufmerksam an. Die Gefahr, die der Splitter für Conrads Auge, ja eigentlich sogar für Conrads Leben darstellt, beschrieb er nicht in derselben Deutlichkeit, wie gegenüber Conrad. Hätte er es getan, wären sie vermutlich sofort nach Trier gefahren. So jedoch waren sie einigermaßen beruhigt, ließen sich nach Hause zurückbringen und beschlossen, auf jeden Fall noch vor Weihnachten nach Trier zu fahren.

Warten auf die OP

Trotz der Dringlichkeit, mit der Dr. Schneider seinen Kollegen in Trier die Augenoperation ans Herz gelegt hatte, musste Conrad mit einem Platz auf der Warteliste vorliebnehmen. Die vier Tage bis zum Termin, zur Freude von Cecilie und Conrad also gerade noch vor den Weihnachtstagen, verbrachten beide zwischen Krankenhaus und Moselufer. Hier saßen sie auf einer der Bänke an der Anlegestelle, als Conrad Cecilie völlig unvermittelt fragte, ob sie ihn heiraten wolle.

Auf diese Frage hatte Cecilie gehofft und gewartet, wollte aber selbst nicht die Initiative ergreifen, wusste sie doch, dass eine Frau und ein Kind auf ihren Geliebten warteten. Nun brachte sie vor Rührung, Glück und Freude keinen Ton heraus. Sie umarmten sich, sie küssten sich und ließen für einen Augenblick alle Sorgen Sorgen sein.

Cecilie löste sich langsam, sah ihn zärtlich an und sagte: „Ja, Conrad, ich will dich heiraten, am liebsten noch heute! Wir könnten doch hier in Trier heiraten, morgen schon oder übermorgen, was hältst du davon?"

Anstatt zu antworten, nahm Conrad sie erneut in seine

Arme und flüsterte: „Ja, ja, ja! Ja, wir heiraten. Das ist doch alles, was ich mir wünsche!"

Wie gerne wären sie noch länger an diesem Ort des gemeinsamen Glücks geblieben, aber selbst die innigste Umarmung kam nicht mehr gegen die zunehmende Kälte des hereinbrechenden Abends an.

Der Krankenhausgeistliche, dem sie ihr Anliegen, zu heiraten vortrugen, erklärte sich sofort bereit, die Trauung vorzunehmen und organisierte auch die standesamtliche Trauung für den übernächsten Tag. Der folgende Tag war der glücklichste Tag in Conrads und Cecilies Leben. Dafür, dass es auch der letzte gemeinsame Tag werden sollte, sorgten britische Bomber.

Conrad hatte darauf bestanden, Ringe zu besorgen und wollte unbedingt alleine gehen, um seine Braut noch mit einem Hochzeitsgeschenk überraschen zu können.

Cecilie hat sich später immer wieder gefragt, warum alles so geschah, wie es geschah. Die Ringe! Man hätte sie doch auch später noch besorgen können. Ihr gegenseitiges Ja-Wort hätte doch vollauf genügt. Wäre er doch nur bei ihr geblieben. Sie hätten ganz bestimmt beide überlebt.

Während sie in ihrer kleinen Stube im Schwesternheim Vorbereitungen für die Hochzeitsfeier traf und Conrad gerade mit den Ringen das Juweliergeschäft verließ, gingen die Alarmsirenen los. Wenig später hörte man das rasend schnell lauter werdende, Unheil verkündende Brummen der Bomber. Cecilie rannte so schnell es ging in den als Luftschutzraum ausgestatteten Kellerbereich des Krankenhauses. Conrad lief so schnell er konnte in das Juweliergeschäft zurück und suchte mit der Verkäuferin und einem weiteren Kunden Schutz im Keller des Hauses.

Trier wurde von dem schwersten Bombenangriff im Zweiten Weltkrieg heimgesucht. Diese wunderschöne Stadt wurde am Nachmittag des 21. Dezember 1944 in einer knappen Stunde zu fast 90 % zerstört. Mehr als 100 Bomber warfen an diesem Tag in zwei unmittelbar aufeinanderfolgenden Wellen fast 500 Tonnen Bomben ab.

Auch das dreistöckige Wohnhaus, in dem sich das Juweliergeschäft befand, wurde getroffen. Die Bombe durchschlug das Dach und explodierte zwei Stockwerke tiefer. Sie zerriss das Haus und brachte auch das Kellergewölbe zum Einsturz. Brandbomben besorgten den Rest.

Die Entwarnung nach diesem Bombardement war nur von kurzer Dauer. Kaum eine halbe Stunde später, Cecilie wollte mit den anderen soeben den Schutzraum verlassen, heulten die Sirenen erneut los. Diese zweite Welle der Bombardierung zerstörte, was bislang noch halbwegs ganz geblieben war. Die Spreng-, Brand- und Napalmbomben ließen den bislang Überlebenden in tausenden Kellern keine Chance.

Cecilie machte sich die größten Vorwürfe, nicht mit ihm

in die Stadt gegangen zu sein. Dann wären sie wenigstens vereint, auch wenn sie dabei beide.... . Das waren ihre Gedanken. Gedanken, die sie ihr ganzes langes Leben nie mehr loslassen sollten.

Cecilie spürte, dass sie Conrad nicht mehr wiedersehen würde. Dieses Gefühl wurde noch verstärkt, nachdem weitere, man kann sagen, absolut unnötige Bombenangriffe am nächsten Tag und sogar am Heiligen Abend, das ohnehin völlig zerstörte Trier zum Ziel hatten.

An eine Rückkehr nach Koblenz war für Cecilie nicht mehr zu denken, nicht nur wegen der Gefahrenlage, sondern vor allem wegen der Notwendigkeit, hier zu helfen. Außerdem wollte sie in Trier bleiben, weil sie immer noch hoffte, der eine oder andere Verwundete könnte vielleicht doch Conrad sein.

Der Krieg dauerte noch ein knappes halbes Jahr. Cecilie blieb in Trier, in der Stadt, in der sie ihren Liebsten heiraten wollte. Nur ein einziges Erinnerungsstück an Conrad ist ihr geblieben: Das Foto! Die Vergrößerung, die sie sich später davon anfertigen ließ, war das einzige Bild in ihrer kleinen Trierer Wohnung.

Cecilie schloss 1952 ihr Medizinstudium ab und richtete sich in der Trierer Fleischstraße eine Praxis für Allgemeinmedizin ein. Ihre letzten Berufsjahre verbrachte sie als „Ärztin ohne Grenzen" in Mali und Äthiopien. Im Frühjahr des Jahres 1990 ging sie in den Ruhestand und begab sich zwölf Jahre später in das Seniorenheim in Nonnweiler.

Im Kommissariat

Samstags ist es gar nicht leicht, vom Hochwald nach Saarbrücken zu kommen. Zunächst muss Franziska mit dem Fahrrad zur Haltestelle und dann von dort mit dem Bus nach Saarbrücken. An diesem Wochenende hat sie jedoch genügend Zeit. Das Gespräch mit Kommissar Rohde ist ihr dabei nicht so wichtig. Nach dieser Nacht mit ihren tausend Fragen, auf die sie keine einzige Antwort gefunden hat, und einem Morgen ohne Frühstück, möchte sie unbedingt mit ihrer Oma sprechen, sie fragen können, was passiert ist und sie vor allem in die Arme nehmen können. Dass diese Hoffnung sich nicht erfüllen würde, erfährt sie von Kommissar Rohde persönlich.

„In diesem Falle müssen wir den Empfehlungen des Arztes folgen. Und, Frau Stein, haben Sie bitte Verständnis dafür, dass wir Ihre Oma, wenn sie wieder ansprechbar ist, zuerst einmal befragen müssen."

„Nein, das verstehe ich überhaupt nicht, und ich bin sogar der Überzeugung, dass es meiner Oma, und damit uns allen sehr hilft, wenn ich sie besuchen …"

„….Frau Stein!", fällt er ihr ins Wort, „ich kann Sie sehr gut verstehen, aber sie dürfen nicht vergessen, dass wir es möglicherweise, ich will mal lieber sagen höchstwahrscheinlich, mit einem Verbrechen zu tun haben."

„Das haben Sie gestern schon einmal angedeutet. Und, wenn es tatsächlich ein Verbrechen war", leise, mehr zu sich selbst: ´das kann ich mir niemals vorstellen´, und wieder lauter: „und wenn es tatsächlich ein Verbrechen war, dann sollte meine Oma doch zuerst mit einem Anwalt sprechen dürfen, oder irre ich mich da?"

„Aber ich bitte Sie, Frau Stein! Wir wollen uns doch nur von ihr schildern lassen, was passiert ist! Frau Müller ist für uns zunächst einmal lediglich eine Zeugin, eine wichtige Zeugin sogar. Und Sie können versichert sein, dass wir Ihre Oma gegebenenfalls auch auf ihre Rechte aufmerksam machen werden."

„Dann bin ich also umsonst hergekommen, wie es aussieht….? Warum sollte ich denn dann vorbeikommen?"

„Sie haben gestern gesagt, dass Sie dieses Bild bereits kennen." Er nimmt das Bild aus dem Umschlag und legt es inzwischen von Glas und Rahmen befreit, vor Franziska auf den Tisch. „Und dieser Mann soll sogar Ihr Opa sein! Wie kommen Sie zu dieser Aussage?"

Seine Mimik verrät nicht im Geringsten, wie gespannt er auf ihre Antwort ist.

„Als wir Omas Umzug ins Seniorenheim vorbereiteten, fiel mir ein Karton mit ganz vielen Fotos in die Hände. Es waren hunderte Fotos und Oma konnte zu den meisten etwas erzählen. Dabei erfuhr ich übrigens eine ganze Menge über meine Familie. Zum Beispiel auch, dass Oma nie verheiratet war. Wie sagte sie, als ich mich darüber wunderte: `Ach Kindchen, das waren damals andere Zeiten, schlimme Zeiten, der Weltkrieg und die Zeit danach…, daran will ich jetzt lieber nicht mehr denken`. Aber bei dem Bild mit meinem Opa ließ ich nicht locker. Darüber wollte ich mehr wissen. Und sie verriet mir mit unüberhörbarem Stolz: ´Das Foto habe ich sogar selbst gemacht´! Sie habe damals meinen Opa zum Antritt seiner ersten Dienstfahrt bis auf den Bahnsteig begleitet.“

Kommissar Rohde steht auf, füllt ein Glas mit Wasser und stellt es vor Franziska hin, als wolle er damit sagen: Sprechen Sie bitte weiter, vielleicht bringen wir dadurch Licht in unsere Angelegenheit.

Mehr kann Franziska zu dem Foto jedoch nicht sagen.

„Ich weiß nur noch, dass Opas Zug gegen Ende des Krieges beschossen wurde, wobei der Lokführer getötet und er selbst schwer verletzt in ein Krankenhaus eingeliefert wurde, entweder in Koblenz oder in Trier. Das weiß ich aber nicht genau.“

„Frau Stein, das ist doch schon eine ganze Menge, ich bin fest davon überzeugt, dass wir jetzt in der Lage sind, Ihrer Oma konkretere Fragen stellen zu können. Das hilft uns….“

„Eines weiß ich noch!" Franziska vermutet, dass diese Information auch noch von Bedeutung sein könnte: „Meine Oma und auch seine Eltern haben seit diesem Krankenhausaufenthalt nie wieder etwas von ihm gehört. Selbst der DRK-Suchdienst konnte nicht herausfinden, wo Opa geblieben ist."

Franziska nimmt einen kräftigen Schluck aus dem Wasserglas. „Haben Sie denn schon Informationen, was gestern passiert ist?" Sie schaut den Kommissar auffordernd an.

„Wir ermitteln noch. Dazu kann und darf ich Ihnen nichts sagen. Nur so viel, Frau Stein: Wir gehen tatsächlich von einem Verbrechen aus. Gewisse Spuren schließen die Möglichkeit eines Unfalls aus. Mehr darf ich Ihnen…"

„Das heißt für mich ganz eindeutig, dass meine Oma dieses Verbrechen begangen haben muss, was ich mir absolut nicht vorstellen kann." Franziska wurde lauter als sie es eigentlich wollte.

„Sie wollen es sich nicht vorstellen, Frau Stein, was auch völlig verständlich ist. Aber warten wir doch die endgültigen Ergebnisse der Spurensicherung und vor allem die Aussagen Ihrer Oma ab. Dann wissen wir mehr!"

Kommissar Rohde schlug sein Notizbuch auf und sah Franziska an. „Gestatten Sie mir noch eine Frage, nein zwei Fragen. Sie sind für unsere Recherchen von großer Bedeutung: Wann wurde der Zug Ihres Opas beschossen und vielleicht fällt ihnen doch noch ein, in welches Krankenhaus er daraufhin eingeliefert wurde?"

Franziska hob schon während der ersten Frage des Kommissars beide Schultern und wollte soeben entsprechend antworten, als der Kommissar fortfuhr:

„Es ist doch möglich, dass Ihre Oma Ihnen dazu etwas gesagt hat, als Sie mit ihr diese Bilderkiste angeschaut haben. Überlegen Sie einfach in Ruhe, vielleicht fällt ihnen dazu noch irgendetwas ein."

Er stand auf, ein deutliches Signal, dass Franziskas Besuch im Kommissariat beendet ist und drückte ihr zum Abschied seine Visitenkarte in die Hand.

„Sie können mich Tag und Nacht erreichen! Rufen Sie an, wenn Ihnen etwas einfällt."

Aus Franziskas Sicht war diese Fahrt nach Saarbrücken verlorene Zeit. Sie bekam keine Genehmigung Ihre Oma zu sprechen, nicht einmal sie zu besuchen, und der Kommissar war auch noch nicht weitergekommen. So macht sie sich mit denselben Gedanken auf den Heimweg, die sie die ganze Nacht über bereits beschäftigt hatten: Was hat ihre Oma mit dem Tod dieser Frau Sommer zu tun? Wer war diese Frau Sommer überhaupt und vor allem: Wieso hatte sie das Bild ihres Großvaters in ihrem Zimmer hängen? Wie gerne hätte sie darüber mit ihrer Oma gesprochen. Vielleicht sollte sie noch einmal in der Fotokiste nachsehen…

Diese Idee setzt sie sogleich in die Tat um. Zuhause nimmt sie das Rad und fährt direkt zum Seniorenheim. Herr Wielandt steht selbst am Empfang und begrüßt sie mit einem bedauernden Gesichtsausdruck:

„Frau Stein, das ist ja ein richtiger Alptraum. Einen solchen Vorfall in unserem Haus…, also ich kann es immer noch nicht fassen!"

„Ich möchte gerne im Zimmer meiner Oma etwas nachschauen. Seien Sie doch so nett und geben Sie mir den Schlüssel."

Herr Wielandt hält beide Hände wie zur Abwehr vor sich: „Da können Sie zurzeit gar nicht rein, beide Zimmer sind versiegelt. Wir dürfen da nicht einmal Ordnung schaffen."

Franziska ist nur für einen Moment überrascht: „Ja, das hätte ich mir denken können."

Nachdem sie etwas vor sich hingemurmelt hatte, blickt sie Herrn Wielandt an und bittet ihn, sie zu benachrichtigen, wenn Sie das Zimmer wieder betreten kann.

„Selbstverständlich! Ich rufe Sie sofort an."

Noch während er sich eine Notiz dazu macht, fällt ihm eine ganz wichtige Frage ein: „Wie geht es Ihrer Oma, was hat sie zu all dem gesagt?"

„Ach Herr Wielandt, ich durfte meine Oma nicht besuchen, ja nicht einmal sehen! Der Kommissar hätte auch sehr gerne mit Oma gesprochen. Aber die Ärzte erlauben bis auf weiteres keinen Besuch und auch keine Vernehmung."

„Ja, das ist schon eine schlimme Sache, die da passiert ist…"

Franziska hört Herrn Wielandt nur noch am Rande.

„Auf Wiedersehen, Herr Wielandt, und rufen Sie mich bitte an, ja"!

Bei seiner Antwort, wenn überhaupt eine kam, ist sie schon in der Drehtür. Sie will jetzt erst einmal in Ruhe frühstücken, auch wenn es schon später Nachmittag ist. Die Enttäuschungen des heutigen Tages lassen sich nur durch ein gemütliches Frühstück ertragen.

Die Ermittlungen

Die Ergebnisse der kriminaltechnischen Untersuchungen treffen am frühen Montagmorgen ein und erlauben Kommissar Rohde, den Tathergang weitestgehend widerspruchsfrei zu rekonstruieren. So legen die Fingerabdrücke von Lydia Müller auf dem Bilderrahmen den Schluss nahe, dass sie es war, die das Foto von der Wand nahm und dann auf dem Boden zerschmetterte. Dieses Foto könnte der Schlüssel sein, diesen Fall aufklären zu können, davon ist Rohde überzeugt. Der Stempel auf der Rückseite des Fotos hilft ihm jedoch nicht weiter. Das Fotogeschäft gibt es seit über zwanzig Jahren nicht mehr.

Aber den Fotografen kann er tatsächlich ermitteln. Er wohnt im Hause seiner jüngsten Tochter ganz in der Nähe von Trier. Diese Nachricht elektrisiert ihn. Er schnappt sich seinen Mantel und ruft, schon halb auf dem Flur, seiner Sekretärin zu: „Ich bin bis zum Nachmittag in Schweich, Frau Kramer…"

Über die A1 ist es ein Katzensprung von knapp einer Stunde. Er fährt mit dem guten Gefühl los, durch ein Gespräch mit dem Fotografen der Aufklärung der Tat ein Stück näherzukommen. Seine Hoffnung sollte nicht enttäuscht werden.

Ausfahrt 129 und dann noch etwa zwei Kilometer, richtungsmäßig wieder zurück in den Ort. Dann spricht der Navigator die erhofften Worte: „Sie haben Ihr Ziel erreicht!"

Er fährt den Wagen aus der engen Straße in die Einfahrt hinein, nimmt das Bild vom Beifahrersitz und will gerade klingeln, als die Tür wie von Geisterhand bereits aufgeht. Eine Frau mittleren Alters sieht ihn mit fragendem Blick an.

„Mein Name ist Rohde von der Kripo Saarbrücken".

Er fummelt seinen Dienstausweis aus der Innentasche.

„Ich habe ein paar Fragen an den Fotografen, an Herrn Breuer. Ich hoffe…"

„Das ist mein Vater, aber was hat mein Vater mit der Kri

minalpolizei in Saarbrücken zu tun?"

„Das ist eine längere Geschichte… Ich habe ein Foto mitgebracht, das vor Jahren von Ihrem Vater angefertigt wurde, und dazu muss ich einiges herausfinden. Vielleicht kann Ihr Vater sich sogar an das Foto erinnern."

„Das muss ja ewig her sein, aber kommen Sie doch rein. Es ist am besten, wenn ich Sie zu ihm hochbringe, wissen Sie, die Treppen…"

„Das ist völlig in Ordnung, Ich will auch gar keine Umstände machen."

„Du, Vater, da ist ein Herr von der Kriminalpolizei aus Saarbrücken…."

„Das hab´ ich schon alles mitbekommen. Und: Was ist denn das für ein Foto, an das ich mich erinnern soll?"

Rohde geht um den Sessel herum.

„Sie haben ja ein gutes Gehör, das muss ich schon sagen. Mein Name ist…"

„Weiß ich bereits, Rohde aus Saarbrücken Hab´ ich auch mitgekriegt. Na dann zeigen Sie mal das Bild!"

Auf der Fahrt hierher hat er sich eine ganze Reihe von möglichen Reaktionen auf das Bild vorgestellt. Aber nicht diese: Der alte Herr Breuer, so tief wie er bislang in seinem Sessel steckte, sieht auf das Foto, steht pfeilgrad auf, nimmt dem Kommissar das Bild aus der Hand und sagt zur Überraschung beider:

„Dass ich dieses Foto nochmal zu sehen bekomme, nein, dass ich dieses Foto…. Und ob ich mich an dieses Foto erinnern kann! Was für eine Frage!"

Er sieht dem Kommissar direkt in die Augen:

„Sie machen mir mit Ihrem Besuch und mit diesem Bild eine riesige Freude! Ich komme mir fast vor wie in einer Zeitmaschine."

Dann ist er plötzlich ruhig und setzt sich wieder hin. Vermutlich kramt er in seinem Gedächtnis alles zusammen, woran er sich erinnert. Noch ganz in Gedanken bittet er den Kommissar, ebenfalls Platz zu nehmen und fragt mehr so nebenbei:

„Möchten Sie etwas trinken?"

Er sieht zuerst den Kommissar und dann seine Tochter an. Der Kommissar sagt zwar ´nein danke´, aber die Tochter ist schon unterwegs und kommt bald darauf mit drei Gläsern und einer Flasche Wasser zurück. Es interessiert sie also auch, was es mit diesem Foto auf sich hat!

Nach einer ganzen Weile:

„Es muss 82 oder 83 gewesen sein. Das Bild war in keinem guten Zustand. Ihr Verlobter sei Heizer auf einer Lok gewesen und habe das Bild immer bei sich gehabt. Deshalb sei es geknickt und auf der Seite sogar eingerissen. Ob ich das alles wegmachen könne, wollte sie wissen, damit es wieder schön aussieht. Als ich sie in diesem Punkt beruhigen konnte, sagte sie noch, sie beabsichtige nämlich für ein paar Jahre nach Afrika zu gehen und wolle gerne ein schönes und vor allem ein etwas größeres Bild mitnehmen."

Er nimmt einen Schluck und deutet auf die Mitte des Bildes: „Hier in der Mitte war der Knick und hier", er zeigt stolz auf die rechte Seite des Bildes, „und hier war der Riss. Den habe ich ebenfalls wegretuschiert. Da sieht man nichts mehr von einem Schaden."

Er legt das Bild stolz wie Oskar vor den Kommissar hin, damit der seine Retuschierkünste auch bewundern kann. Kommissar Rohde hat aber ganz andere Interessen, will jedoch nicht unhöflich sein und verbindet mit seiner Anerkennung für diese gelungene Arbeit die Frage:

„Können Sie sich denn an den Namen dieser Frau erinnern?"

„Oh, Oh, da fürchte ich, muss ich passen. Das einzige was ich noch über diese Frau weiß: Sie war ein halbes Jahr später noch einmal in meinem Geschäft und hat sich Fotos machen lassen für Ihren Reisepass."

„Nach meinen Informationen", dem Kommissar fehlt noch ein einziges Puzzleteil, um sich ein Bild zu machen, „war diese Frau Ärztin und hat auch hier in Trier praktiziert. Herr Breuer, können Sie dazu etwas sagen?"

Der ist noch ganz und gar dem Bild verhaftet:

„Da fällt mir ein, dass ich sie damals fragte, ob ich ein weiteres Bild davon ins Schaufenster stellen dürfe, als Blickfang gewissermaßen?"

Kommissar Rohde hebt interessiert den Kopf etwas höher.

„Nein, das möchte sie nicht", fährt er fort. „Sie habe es ja nicht selbst fotografiert und da könnte es Schwierigkeiten geben. Tja, das muss man dann wohl akzeptieren…, aber was haben Sie eben noch gefragt?"

Er blickt den Kommissar mit einem schuldbewussten Blick an.

„Herr Breuer, diese Frau war Ärztin und hat auch hier in Trier, vermutlich sogar ganz in Ihrer Nähe praktiziert. Wissen Sie darüber etwas."

„Ja, Ärztin, das kann schon sein, aber nein, da kann ich Ihnen nicht weiterhelfen…, leider."

Die Tochter hat alles mit angehört und ist zunehmend neugieriger geworden: „Können Sie uns denn sagen, warum Sie all diese Fragen stellen, für die Sie sogar extra aus Saarbrücken zu uns kommen?"

Rohde hat vollstes Verständnis für diese Frage: „Aber gerne!"

Nach kurzer Überlegung fährt er fort, indem er beide ab und zu ansieht:

„Ich recherchiere in einem sagen wir mal merkwürdigen

Todesfall, bei dem dieses Foto vermutlich eine große Rolle spielt. Ihre Informationen, Herr Breuer, waren sehr hilfreich für mich. Ich bin froh, dass Sie sich an so vieles noch erinnern konnten."

Er macht in der Tat einen sehr zufriedenen Eindruck, trinkt das Glas aus, um nicht unhöflich zu sein und erhebt sich:

„Es kann durchaus sein, dass ich mich nochmal bei Ihnen melde. Zunächst einmal herzlichen Dank."

Während der Rückfahrt nach Saarbrücken spielt er verschiedene Möglichkeiten des Tatablaufes durch. In jeder der Varianten befinden sich jedoch weiterhin deutliche Lücken. So lautet zum Beispiel eine Frage, warum das Opfer im Bett lag, während die mutmaßliche Täterin bei ihr zu Besuch war. Immerhin hatte Herr Wielandt ausgesagt, Frau Sommer sei nicht krankgemeldet gewesen. Was haben die Frauen miteinander gesprochen? Gab es Streit, der immer heftiger wurde und schließlich zu der Tat führte? Woran ist Frau Sommer überhaupt gestorben?

Diese letzte Frage holt ihn in die Realität zurück. Sein erster Weg wird ihn zum Labor der KTU bringen. Danach weiß er mit Sicherheit mehr.

Mit den bisherigen Ergebnissen des Tages ist er jedenfalls schon mal zufrieden. Das Puzzle nimmt langsam Gestalt an.

Im Labor der KTU

Klaus Rohde geht nur in „den Keller", wenn er die Ergebnisse nicht erwarten kann. Und heute ist mal wieder so ein Tag. Sein Respekt vor der Arbeit des Pathologen, den er seit über zehn Jahren kennt, ist außerordentlich groß, liefern seine Untersuchungsergebnisse doch immer wieder die Hinweise und Antworten, die ihm einen Fall lösen helfen. Das ist die eine Seite seiner Gefühle, wenn er „den Keller" betritt. Gleichzeitig fragt er sich jedes Mal, wie man hier arbeiten kann, in der Kälte, ohne Sonnenlicht und dann oft noch mit Skalpell und Säge.

Heinz Reichard sitzt am Rechner und schreibt.

´Ein sehr gutes Zeichen´, findet Rohde, ´offenbar hat er schon Ergebnisse, die sich lohnen, aufgeschrieben zu werden´.

Seine Begrüßung fällt dementsprechend heiter aus.

„Heinz, mein Lieber, welche Geheimnisse hast Du diesmal gelüftet, sag´ an."

„Do bischd´de jo endlich! Ich hann schon drei-, viermol bei Dir ahngeruf. Aach die Kramer hat´s vasucht, awwer die hat dich, wie so oft, aach nit erreiche könne. Du bischd so ziemlich der ähnzische, der nit Bescheid saht, wo er zu erreiche is."

„Dann hat sie mal wieder nicht hingehört. Ich war in Schweich und habe mit dem Fotografen gesprochen, der das Foto vergrößert hat. Hat was gebracht, die Fahrt."

„In der Zeit, wo Du in da Weltgeschicht rumgefahr bischd, hann ich die Beweisstigge zusammegefiddelt. Wirschd schdaune! Mit Erfolsch!"

„Das will ich doch schwer hoffen! Aber soll ich jetzt warten, bis Du alles getippt hast, damit ich´s mir durchlesen kann, oder geht es eventuell…"

„Jo, awwer kannschde nit ähmol wade, bis ich mit meiner Aawet färdisch bin! Ich wäß jo, dass de´s imma eilisch haschd awwer jetz hör erscht mol gudd zu, zweimol sahn ich da nit, was ich rausgefunn hann."

Rohde gibt sich die größte Mühe locker zu bleiben und nicht nach außen dringen zu lassen, was er gerade denkt:

´So ein Primeltopp, aber das ist ja auch kein Wunder: Tag für Tag in diesem Ambiente, immer allein mit Leichen und Leichenteilen… Da muss man zwangsläufig etwas seltsam werden´.

Heinz Reichard hält ihm ein Klarsichttütchen hin:

„In ihrer Lung hann ich nämlich die Fasern von dem blaue Kisse gefunn. Un nit nur die, aach DNA-Spure ware uff dem Kisse druff…"

„Sie wird halt öfter mal auf dem Kissen gelegen…"

„Loss mich mo ausrede, Klaus! Ich bin jo noch nit färdisch! Ziemlich genau in da Mitt vom Kisse hann ich Schbure von dem Lippestift entdeckt, den Frau Sommer benutze dut!"

„Also Heinz, das wundert mich nicht, es war…."

„Unnabrech mich doch nit dauernd und wenn de nit wade kannschd, bis ich da alles gesaaht hann was ich wäß, kannschde mei Bericht Morjefrieh in aller Ruh an deinem Schreibtisch lese!"

„Pardon, pardon, kommt nicht wieder vor. Versprochen!"

Rohde setzt sich zum Zeichen, geduldig warten zu wollen, auf einen Hocker.

„Die Lippestiftspure losse erkenne, dass se de Mund schberrangelweit uffgehat hat. Mit absoluda Gewissheit hat se versucht ze schreie. Uff dem Kisse hann ich jede Menge Speichel von ihr gefunn. Der Druck, mit dem ihr das Kisse uff de Mund gedriggt genn is, war so groß, dass ihr Zähn sogar Abdricke uff'm Inlett hinnerloss hann. Das Gebiss hat dem Druck schließlich nohgenn un is ihr in de Rache gerutscht."

Er macht eine Pause und sieht den Kommissar an, als wolle er ihm Gelegenheit geben, Beifall zu klatschen. Aber der hat ja absolute Ruhe versprochen und guckt sein Gegenüber nur an, zugegebenermaßen mit einer Frage im Blick.

„Jo ich wäß, was de sahn willschd: Das ist noch nit der Beweis uff den de wardscht. Der kummt awwer jetzt: Die anna Seit von dem Kisse war iwwasät mit Wollfäde. Die schdamme zweifelsfrei von da Striggjack, die Frau Müller aangehat hat. Die muss sich mit ihrem Owwerkörba uff die arm Sommer geleht hann, und zwar so lang, bis die kähn Muggs me von sich genn hat. Dann isse rechtwinklich von ihrem Opfa runnergerutscht, die Lage der Wollfasern sinn dofier e eindeutischa Beweis, bis uff de Bodden, dorthin, wo se aach hinnaher noch gesess hat."

Nach einer Weile stellt der Kommissar doch noch eine Frage:

„Wenn ich Dich richtig verstehe, lag Frau Sommer vor dem Angriff mit dem Kissen bereits im Bett. Sehe ich das richtig?"

„Richdisch! Do gibt´s nix drahn zu riddeln!"

Im Keller stehen sich eine ganze Weile zwei sehr zufriedene Männer gegenüber. Der eine, weil er lückenlos herausfand, wie sich die Tat zugetragen hatte, der andere, weil die Tat faktisch geklärt ist.

„Danke Heinz, Du warst mal wieder spitze!"

Rohde sagt es laut genug und denkt bei sich: ´Ich muss dem Heinz unbedingt mal einen Rotwein vorbei bringen´!

Das letzte Puzzle -Teil

´Der Fall ist klar! Da fehlt jetzt nur noch das Geständnis´, waren seine Gedanken beim Verlassen „des Kellers". ´Heinz hat wieder einmal hervorragende Arbeit geleistet, und mein Tag war doch auch ziemlich erfolgreich´.

Es passt jetzt alles zusammen, nur über das Motiv gibt es noch keine gesicherten Erkenntnisse. Damit sich das möglichst bald ändert, muss er mit der Täterin sprechen, also mit der mutmaßlichen Täterin, wie es so schön heißt. Es wird allerdings kein Gespräch mit einer Zeugin werden, wie er es gegenüber Franziska Stein eingeordnet hatte, sondern ein regelrechtes Verhör einer Verdächtigten. Diesen entscheidenden Unterschied für die Begegnung mit Lydia Müller verdankt er der hervorragenden Arbeit von Heinz Reichard.

Ein Blick auf seine Armbanduhr sagt ihm, dass es für einen Besuch in der Klinik bereits zu spät ist. Was soll´s? Morgen ist auch noch ein Tag´´, denkt er und entlässt sich in den verdienten Feierabend.

Einen Feierabend wie er ihn besonders mag, mit einem gelösten Fall nämlich. Selbst das Gespräch mit der Täterin wird die Schuldfrage nicht mehr verändern. Das Verhör ist bei dieser Faktenlage reine Routine und nur noch für die Akten und nicht zu vergessen, für die Gerichtsverhandlung von Bedeutung. Das will er gleich morgen hinter sich bringen.

Das Verhör, erster Versuch

Eigentlich sollte er Franziska Stein anrufen, nachdem sich die Voraussetzungen für die Vernehmung ihrer Oma so grundlegend geändert haben. Rohde entscheidet sich jedoch gegen eine entsprechende Mitteilung an die Enkelin.

Um möglichst wenig Zeit zu verlieren, ruft er die Kramer am nächsten Morgen noch von zu Hause an, sie möge mit dem Arzt, einem Doktor Scherer, einen Termin für das Gespräch mit Frau Müller vereinbaren:

„Und sagen Sie ihm, dass ich gleich heute Morgen hinkomme!"

Er macht sich also gar nicht erst auf den Weg ins Präsidium, sondern fährt auf „gut Glück" direkt in die Klinik. Noch unterwegs meldet sich sein Handy. Die Kramer ist dran: ´Doktor Scherer sei grundsätzlich gegen eine Einvernahme. Da sich aber vermutlich an dem Zustand der Patientin in der nächsten Zeit nichts ändern wird, stimme er einem Gespräch zu, allerdings nur in seinem Beisein´.

Das ist doch genau, was er hören wollte. Rohde ist es sogar sehr recht, wenn ein Arzt während des Gesprächs anwesend ist. Bei einer alten Dame, zumal unter diesen Voraussetzungen, kann man ja nicht vorsichtig genug sein.

Bis zum Klinikum Winterberg ist es von seiner Wohnung aus nicht weit. Er tritt an den verglasten Counter und spricht durch die kleine Lochscheibe:

„Hauptkommissar Rohde, ich bin mit Doktor Scherer verabredet."

Er sucht noch in seiner Jackentasche nach seinem Dienstausweis, als der Pförtner bereits abwinkt:

„Ich bin im Bilde, Doktor Scherer hat Sie angekündigt. Er erwartet Sie in seinem Büro…"

„Und wie komme ich…"

„Das wollte ich Ihnen gerade erklären!"

„Oh, Pardon…"

Es gelingt ihm sogar, eine entschuldigende Miene aufzusetzen.

„Nehmen Sie gleich hier links den Fahrstuhl, zweiter Stock, links raus, den Gang runter, dann das vorletzte Zimmer links. Nummer 201."

Es wäre nicht das erste Mal, dass er sich in einem Krankenhaus verläuft. Nach dieser Beschreibung ist er jedoch zuversichtlich, den Doktor schnell zu finden.

Zimmer 201. Die Tür steht sperrangelweit offen. Doktor Scherer erhebt sich sofort und kommt ein paar Schritte um den Schreibtisch herum auf ihn zu.

„Herr Kommissar, seien Sie gegrüßt!"

Rohde tritt durch die Tür, bleibt hinter dem bereitstehenden Stuhl stehen, wundert sich über das jugendliche Aussehen des Arztes und fragt vorsichtshalber:

„Sie sind Doktor Scherer, wenn ich mich nicht irre."

„Aber ja!"

Mit einem schelmischen Gesicht legt er nach:

„Möchten Sie meinen Ausweis sehen?"

Er macht Anstalten, zum Portemonnaie zu greifen.

„Nein, nein! Nichts dergleichen. Aber Sie verstehen hoffentlich, dass ich mich als Kommissar absichern muss. Jedenfalls ist es sehr freundlich von Ihnen, mir heute schon einen Termin...."

„Abwarten, abwarten! Was aus diesem Termin wird, steht in den Sternen. Ich sagte Ihrer Sekretärin ja bereits, dass ich große Bedenken habe, dass sich der Zustand der Patientin so bald ändern würde."

Kommissar Rohde hat inzwischen Platz genommen und ist überrascht:

„Was für ein Zustand? Wovon sprechen Sie?"

„Herr Rohde, es sollte mich sehr wundern, wenn Sie mit Frau Müller in ein Gespräch kommen. Selbst auf belanglose Fragen reagiert sie überhaupt nicht, weder verbal noch mimisch!"

Rohde ist tatsächlich überrascht, hatte er doch gedacht, diese Starre, die er direkt nach der Tat bei ihr wahrgenommen hatte, müsse sich nach drei Tagen der Ruhe doch längst aufgelöst haben.

„Wie, sie sagt nichts, sie spricht nicht? Haben Sie denn irgendwelche Medika....?"

Das Jugendliche verschwindet augenblicklich aus dem Gesicht von Doktor Scherer:

„... Jetzt muss ich doch bitten: Das ist kein Fall für irgendwelche Medikamente, lieber Herr Rohde. Das ist ein Fall, der die Seele betrifft. Dafür gibt es keine Medikamente!"

„Hat sie denn ihr Gedächtnis verloren oder verweigert sie sich einfach?"

„Nein, nein! Mit Verweigerung hat das nichts zu tun. Es muss sich meines Erachtens um eine tiefsitzende Wunde in ihrer Seele handeln. Es ist ein wirklich sehr seltenes Krankheitsbild, und ich muss offen gestehen, ich selbst sehe es zum ersten Mal. Wir, also meine Kollegen und ich sind der Meinung, es handelt sich hier um eine stuporartige Erkrankung, vermutlich um einen sogenannten Psychogenen Stupor. Es ist sehr wahrscheinlich, dass die Patientin seit Jahren mit traumatischen Erlebnissen belastet ist und ich fürchte, diese Wunde ist sogar zu tief, um jemals wieder zu heilen."

Danach ist es erst einmal eine ganze Weile still. Doktor Scherer will sich in die Gedanken des Kommissars auch nicht einschalten. Insgeheim hofft er, dass er ganz auf eine Begegnung mit seiner Patientin verzichtet. Da kennt er Rohde aber schlecht. Der hat nämlich darüber nachgedacht, die Enkelin, Franziska Stein, in diesem Fall doch zum Verhör der alten Dame mitzunehmen:

„Wissen Sie, unter diesen Umständen ist es, glaube ich, eine gute Idee, ihre Enkelin zu diesem Gespräch mitzunehmen. Was halten Sie davon?"

Doktor Scherer denkt nur kurz nach:

„Das können Sie gerne so machen, wobei ich aber nicht einschätzen kann, wie stabil diese Enkelin ist, wenn sie ihre Oma in einer solchen Verfassung sieht. Das kann auch nach hinten losgehen!"

Kommissar Rohdes Entschluss steht fest:

„Ist es Ihnen recht, wenn wir morgen, sagen wir morgen Nachmittag nochmal vorbeikommen? Ich rufe die Enkelin heute noch an."

Doktor Scherer erhebt sich:

„Ja, einverstanden. Ich erwarte Sie beide dann morgen Nachmittag. Vielleicht ist es ja tatsächlich eine gute Idee mit der Enkelin."

Rohde ist schon in der Tür. Er dreht sich nochmal um:

„Meine Sekretärin wird Ihnen vielleicht heute noch mitteilen können, wann wir morgen bei Ihnen sind. Einverstanden?"

Doktor Scherer hebt, sein Einverständnis bekundend, die rechte Hand und setzt sich wieder an seinen Schreibtisch.

Noch bevor Rohde im Kommissariat eintrifft hat seine Sekretärin den Termin mit der Enkelin und Doktor Scherer bereits vereinbart.

´Ja, die Kramer ist schon eine Perle. Ich sollte es ihr auch einmal sagen´, denkt er, als er den Zettel auf seinem Schreibtisch findet:

„14:20 Frau Stein vom Busbahnhof abholen, 14:30 bei Doktor Scherer."

Ein Blick durch die Glastür sagt ihm, dass seine Sekretärin bereits Feierabend gemacht hat.

´Na ja, Zeit ist es ja! Ich werde ihr morgen einen kleinen Blumenstrauß besorgen´, nimmt er sich vor, als er sein Büro verlässt.

Das Verhör, der zweite Versuch

Franziska ist nicht wenig überrascht, als sie erfährt, dass der Kommissar sie zu dem Gespräch mit ihrer Oma nun doch mitnehmen will. Die Frage nach dem Warum hat sie die ganze Fahrt über beschäftigt. Als sie zu ihm ins Auto steigt, verkneift sie sich jedoch, ihn nach den Gründen danach zu fragen. Hauptsache, sie sieht ihre Oma wieder und kann mit ihr reden.

Der Kommissar erwähnt seinen gestrigen Versuch, ihre Oma zu verhören, ebenfalls nicht. So verläuft die Fahrt zur Winterberg-Klinik weitgehend kommunikationslos. Beide hängen ihren Gedanken nach und beide bereiten sich auf die bevorstehende Begegnung mit der Oma beziehungsweise der Täterin vor.

Den Weg zu Doktor Scherers Büro kennt er ja bereits, und so strebt er nach kurzem Gruß in die Pförtnerloge direkt auf den Fahrstuhl zu. Franziska wundert sich schon ein wenig darüber, hat jedoch schnell eine Erklärung dafür bereit: ´Vermutlich war er schon öfter hier. Das bringt seine Tätigkeit bestimmt mit sich´.

Als sie Doktor Scherer bei seiner Begrüßung dann aber sagen hört:

„Das ist schön, dass Sie heute Frau Stein mitbringen. Wir werden sehen, ob es uns hilft", war ihr klar, dass der Kommissar schon einmal hier war, um ihre Oma zu verhören, was offensichtlich nicht geklappt hat. Sie sagt nichts dazu, sieht ihn nur schräg von der Seite an.

Der Kommissar macht, als sei er sehr beschäftigt, öffnet seine Aktentasche, holt das Foto heraus und reicht es Franziska mit den Worten: „Das Foto können Sie übrigens jetzt mitnehmen. Wir benötigen es nicht mehr".

Doktor Scherer wartet die Übergabe des Fotos ungeduldig ab:

„Ich möchte Sie bitten", er blickt den Kommissar direkt an, „mich mit Frau Stein noch kurz alleine sprechen zu lassen. Ich bin sehr froh, dass ich mit einem Angehörigen von Frau Müller sprechen kann. Es dauert auch bestimmt nicht lange."

Mit den letzten Worten öffnet er die Tür.

Die Worte „Danke für Ihr Verständnis" begleiten den Kommissar auf den Flur.

Obwohl es ja nach den Worten des Arztes nicht lange dauern soll, bittet er sie, Platz zu nehmen.

Nachdem er völlig unnötig in der Krankenakte geblättert hat, kommt er direkt zur Sache:

„Frau Stein rundheraus: Wir machen uns große Sorgen um Ihre Oma. Sie hat noch nichts gegessen seit sie hier ist, ihren Wasserhaushalt halten wir zurzeit mit Infusionen aufrecht. Wenn das so weitergeht, müssen wir sie bald künstlich ernähren, denn viel zuzusetzen hat sie ja leider auch nicht. Zu guter Letzt, und darum mache ich mir die größten Sorgen: Sie starrt vor sich hin und zeigt überhaupt keine Regung. Aufgrund des Krankheitsbildes sind wir ziemlich sicher, dass sie uns wahrnimmt und auch hört und versteht. Sie ist aber nicht in der Lage, an einer Kommunikation teilzunehmen. Das sollten Sie wissen, bevor wir sie besuchen! Trotzdem bin ich sehr froh, dass Sie heute hier sind. Vielleicht können Sie mit Ihrer Anwesenheit tatsächlich etwas bewirken."

Franziska hat keine konkrete Vorstellung davon, welche Situation Doktor Scherer ihr gegenüber grade beschreibt. Sie erinnert sich dem Arzt gegenüber jedoch an die Erzählungen ihrer Mutter, dass Oma in einigen Situationen regelrecht zusammenbricht. Und einer dieser Zusammenbrüche hatte interessanterweise mit diesem Foto zu tun.

„Dann ist es wirklich die Frage, ob wir ihr das Foto", er deutet auf das Foto in Franziskas Händen, „also, ob wir es vertreten können, ihr dieses Foto nochmal zu zeigen."

Franziska hatte gar nicht vor, ihrer Oma das Foto zu zeigen, vermutet aber, dass der Kommissar es genau deshalb mitgebracht hat. Nicht, um es ihr zu seiner Entlastung auszuhändigen. Ihre Oma sollte, seiner Vorstellung nach, durch die Ansicht des Fotos gewissermaßen „aufwachen", und schildern, was zwischen ihr und Frau Sommer abgelaufen ist.

Falls es einen solchen Plan von Kommissar Rohde gegeben haben sollte, muss er leider auf ihre Assistenz verzichten, obwohl sie selbst auch sehr gerne gewusst hätte, was und wie es passiert ist.

´Diese Entscheidung muss ich aber doch nicht alleine treffen´, schießt es ihr durch den Kopf, ´sitze ich doch einem leibhaftigen Arzt gegenüber´.

„Ich bin kein Psychiater, liebe Frau Stein, und ich denke, ein solcher würde vermutlich sagen: ´Das ist eine gute Idee, dadurch könne vermutlich das Gehirn der alten Dame wieder eingeschaltet werden´. Oder er könnte sagen: ´Auf keinen Fall nochmal zeigen! Dadurch können sie den Schaden nur vergrößern´. Und genau so sehe ich die Sache auch. Also wenn Sie mich fragen: Ich bin nicht dafür, ihr das Foto nochmal zu zeigen."

„Lassen Sie uns aber noch darüber sprechen, wie es mit Ihrer Oma weitergehen könnte. In der nächsten Zeit werden wir sie mit einer Nährlösung, in der alle wichtigen Stoffe enthalten sind, künstlich ernähren müssen. Sollte ihr Zustand sich entsprechend ändern, so dass sie wenigstens gefüttert werden kann, werden wir selbstverständlich die Ernährungsweise sofort umstellen."

Doktor Scherer macht eine kleine Pause und sieht Franziska abwartend an. Sie hat bis jetzt jedoch keine Frage.

„Sollte sich ihr Zustand jedoch, sagen wir bis zum Monatsende nicht verbessert haben, wird die Ernährung auf eine P-E-G-Sonde umgestellt. Dann erhalten Sie von uns rechtzeitig Nachricht."

Als Franziska auch jetzt noch keine Frage an ihn hat, fährt er fort:

„Zunächst wollte ich Sie auch lediglich über die momentane Situation informieren, in der sich Ihre Oma befindet. Sie werden nachher sehen, dass Ihrer Oma ein Schlauch in die Nase geführt wurde, durch den die Nährlösung in ihren Magen gelangt. Sie brauchen deshalb nicht zu erschrecken, das ist in solchen Fällen ganz normal."

Während Franziska den Arzt wie von Ferne zu ihr sprechen hört, öffnet dieser die Krankenakte und entnimmt zwei Formulare.

„Bitte seien Sie so freundlich und notieren Sie auf diesem Bogen Ihre Daten. Wir müssen Sie doch stets erreichen können. Auf dem anderen Bogen informieren wir Sie über unsere Behandlung, jedenfalls für die kommenden Tage. Sie müssten es gegenzeichnen und Ihr Einverständnis dafür geben."

Bald darauf ist Franziska fertig mit Schreiben und macht Anstalten sich zu erheben.

„Gehen wir jetzt zu meiner Oma?".

Sie will nicht mehr länger warten.

Doktor Scherer legt beide Formulare zurück, schließt die Krankenakte und erhebt sich mit den Worten:

„Ja, Frau Stein. Unser Kommissar hat nun wirklich lange genug gewartet."

Ein paar entschuldigende Worte, es habe noch ein wenig Schreibkram gegeben, dann machen sie sich unter der Führung von Doktor Scherer auf den Weg zu Franziskas Oma. Es geht wieder zum Fahrstuhl, eine Etage höher. Dann stehen sie vor dem Zimmer 306. Franziskas Herz schlägt bis zum Hals.

„Überlassen sie erst einmal mir das Gespräch", Doktor Scherer sieht beide ermahnend an, „und bleiben Sie bitte draußen. Ich rufe Sie dann schon rein."

Franziska kann jetzt nicht stillstehen und warten. Sie geht nervös hin und her. Der Kommissar bleibt direkt vor der Tür stehen und hat die Klinke fest im Blick. Es passt ihm gar nicht, dass er hier die ganze Zeit untätig warten muss und zudem nicht das Sagen hat.

Dann geht endlich die Tür auf. Doktor Scherer wendet sich an Franziska:

„Ich schlage vor, wir beide gehen erst einmal zu ihr."

Und an den Kommissar gewandt fährt er fort:

„Ich habe kein gutes Gefühl, was ihre Befragung angeht, Kommissar, aber sie dürfen es bald versuchen. Haben Sie noch etwas Geduld!"

Doktor Scherer geht vor, lässt Franziska dann vorbei und schließt die Tür. Franziska sieht eine ältere Dame im Bett liegen. Sie als ihre Oma zu erkennen, ist ihr weder auf den ersten, noch auf den zweiten Blick möglich. Zugegebenermaßen sehen Menschen etwas anders aus, wenn sie im Bett liegen, aber mit einer derartigen Veränderung hätte sie niemals gerechnet. Das Gesicht ist viel schmaler, die Haare sind total ungeordnet und am schlimmsten, so empfindet es Franziska, ist der völlig abwesende und starre Blick auf einen Punkt irgendwo an der Decke.

„Oma, ich bin´s, Franziska!"

Als ihre Oma keinerlei Regung zeigt, sieht sie Doktor Scherer hilfesuchend an.

„Hört sie mich denn überhaupt?"

Der Arzt übergeht die Frage:

„Sprechen Sie ganz normal. Erzählen Sie, was Sie heute

gemacht haben, und vor allem: bleiben sie ganz ent-spannt."

Franziska erzählt jetzt, dass sie heute vormittags in der Praxis war und gleich nach der Mittagspause nach Saar-brücken gefahren sei, um sie zu besuchen. Und jetzt sei sie da! Das Sprechen fällt ihr immer schwerer.

Lydia Müller zeigt nicht die geringste Regung. Selbst die Augen bleiben starr auf die Decke gerichtet.

Franziska legt ihre Hand auf die Hand ihrer Oma, strei-chelt sie und beugt sich etwas vor, um ihr direkter ins Ge-sicht zu schauen. Vergeblich. Bei dem Versuch, sie noch-mals anzusprechen, versagt ihre Stimme. Sie bricht in Tränen aus, sieht ihre Oma noch einmal an und verlässt dann fast fluchtartig das Krankenzimmer. Sie fühlt, dass diese Frau, die einmal ihre geliebte Oma war, in einer völ-lig anderen Welt lebt, aus der sie höchstwahrscheinlich nie mehr zurückkommen wird.

Draußen verschafft sie sich erst einmal etwas Freiheit, et-was Luft. Sie geht ans Fenster, das sich jedoch leider nicht öffnen lässt. Der Kommissar ist vorsorglich in ihrer Nähe und reicht ihr ein Taschentuch:

„Haben Sie denn mit ihr gesprochen?"

Der Kommissar kann Franziskas Verhalten, die Flucht aus dem Zimmer und das Weinen, nicht richtig einordnen:

„Was hat sie denn gesagt?"

Franziska ist nicht in der Lage und auch nicht bereit, auf die Fragen des Kommissars einzugehen. Doktor Scherer, der gerade das Krankenzimmer verlässt, ist zunächst auch nicht bereit, Fragen des Kommissars entgegenzunehmen. Er geht auf Franziska zu und fragt sie, ob sie in Ordnung sei, ob er ihr einen Stuhl besorgen solle…

„Danke, es geht schon, danke, aber einen Schluck Wasser, das wäre nett."

Der Arzt besorgt ihr einen Becher mit Wasser und stellt ihn vor sie auf die Fensterbank.

„Ich werde jetzt mit Kommissar Rohde zu Ihrer Oma reingehen. Möchten Sie trotzdem dabei sein?"

Franziska lehnt wortlos ab. Sie wartet und schaut sich das trostlose Wetter durch die nasse Scheibe an.

´Es gibt tatsächlich Augenblicke in denen man an nichts denkt´, geht ihr durch den Sinn, als Kommissar und Arzt nach nicht einmal einer halben Minute wieder aus dem Zimmer kommen. Wortlos.

Auf dem Weg zurück zu Doktor Scherers Büro fällt bis zur allgemeinen Verabschiedung kein einziges Wort.

Der Abschied

„Soll ich Sie noch mitnehmen…", Kommissar Rohde kannte Franziskas Antwort schon vorher.

„Nein, vielen Dank, ich gehe anschließend noch in die Bahnhofstraße. Aber vielen Dank!"

Das war gelogen. Es war ihr aber unmöglich, jetzt in einem ´Auto´ genannten Käfig zu sitzen. Sie muss Frische atmen können und möglichst viel Raum um sich haben.

Franziska setzt sich auf der Berliner Promenade an einen Tisch mit Blick auf die gemächlich vorüberfließende Saar und denkt an Ihre Oma, an ihren Zwillingsbruder Thorsten, von dem sie fast nichts mehr weiß, und an ihre Eltern, an die sie sich nur durch die Fotos aus Omas Kiste erinnern kann.

Sie trinkt aus, geht die paar Stufen zur Saar runter und setzt sich dort auf die Ufermauer. Dann nimmt sie das Foto aus ihrer Tasche, guckt es noch einmal an und verabschiedet sich mit einem letzten Blick von ihrem Großvater. Als sie das Foto mit einem kräftigen Schwung in die Saar wirft und sieht, wie die sanfte Strömung es immer weiter mit sich nimmt, erinnert sie sich dankbar an die gemeinsame Zeit mit ihrer Oma, bei der sie groß geworden ist, sie erinnert sich an die Erzählungen aus ihrem Leben und an die viel zu seltenen Spieleabende, die sie mit ihr erlebt hat.

Mit dem Datum vom 17. August erreicht sie ein Schreiben der Winterberg-Klinik aus Saarbrücken, dass Lydia Müller verstorben ist.

Zeitfracht Medien GmbH
Ferdinand-Jühlke-Straße 7
99095 Erfurt, Deutschland
produktsicherheit@kolibri360.de